準備好了嗎？
那我們先出門囉～
晚餐在松田百貨的7樓吃。
6點集合吧。
在1樓喔
快點去啦
知道了啦，路上小心～
我們快走吧～
啪嗒
呼～～…
睜眼
啊
咚嗵
ドタ
ドタ
咚嗵
慘了！
快到集合的時間了！
咻～
不快點會被罵死的。

ザワ ザワ ザワ ザワ

怎麼比平常還多人啊？

有祭典？

嘈雜！

她們跑哪去了？

按

下一則新聞。
今天下午6點左右，有輛觀光巴士衝入人潮洶湧的百貨公司中。
有3位民眾在這場車禍當中身亡。包含巴士乘客在內，共有14人輕重傷。
警方將駕駛巴士的50多歲男性，
依過失致死罪逮捕。
警方表示將進一步偵訊，以釐清事故當時的狀況。
接下來是明天的天氣

肚子
餓了。
ガラ…
空蕩
什麼都沒有…
パリラップ
パリラップ
不會煮…
超商…
蔥鹽五花豬肉便當
398

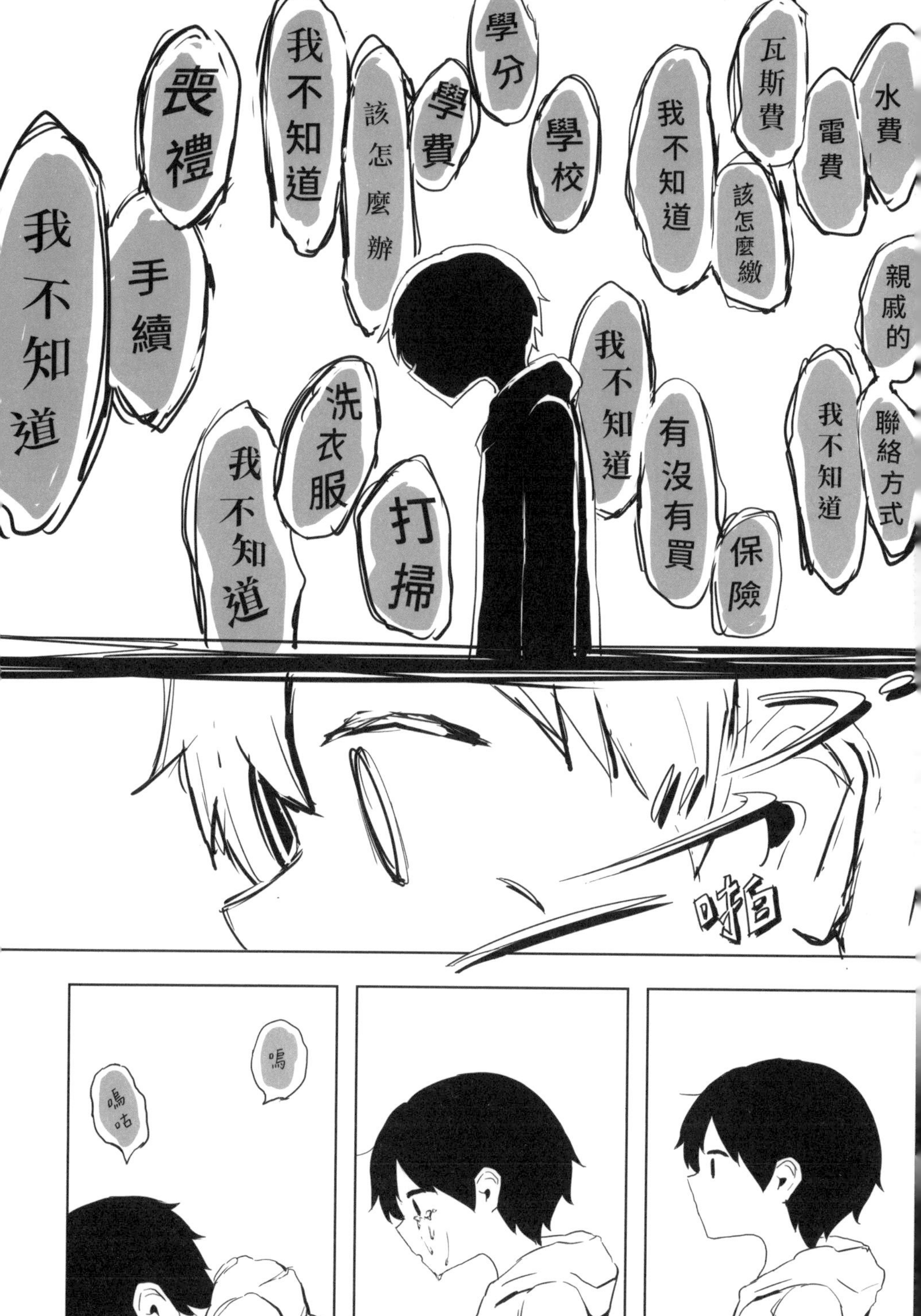
水費
電費
瓦斯費
該怎麼繳
我不知道
親戚的聯絡方式
我不知道
保險
有沒有買
我不知道
學校
學分
學費
該怎麼辦
我不知道
喪禮
手續
我不知道
打掃
洗衣服
我不知道
啪
嗚
嗚咕

嗚咕
咕嗚
嗚…
嗚…
嗚啊
啊啊
什麼都不知道
什麼都做不到
什麼都沒有

滿是空虛之物

空っぽのやつでいっぱい

アボガド6

林于楟—譯

滿是空虛之物 目次

書籍設計—名和田耕平設計事務所
DTP—言語社

奈奈。
ミーン
唧ー唧
早安。
ミーン
啊
■■■!
ミーン
■■■早安!
■■■學姐您早!
哇ー
■■■同學早安~
わー
早安ー
■■■同學早安。
わー
■■■早安!
■■■早安~
わー
■■■。
■■■早安~

■■■學姐！

學姐！
怎麼了？
我有一件事想問妳～

？
煩躁
緊抓

奈奈，
回家吧。

■■■學姐！
再～見！
■■■學姐！
再見～

中華まん
那，
明天見囉！
哎呀，■■■妹妹 今天還真早呢。
喔～■■■妹妹 妳爸媽一切都好嗎？
■■妹妹
■■■妹妹 妳要吃可樂餅嗎？
■■妹妹－！
喔～■■■妹妹 妳長大了呢！
■■妹妹
■■妹妹
!
!
?
ギュ
緊抓

自習室

奈奈，

妳好厲害喔。

我也要努力才行啊。

竟然拿到A啊～

對了！

ガバッ

抬頭

叮～咚～

來報名寒假的補習班好了～

怎麼樣？奈奈要不要一起？

ガラ ガラ

喀啦啦

■■■同學！

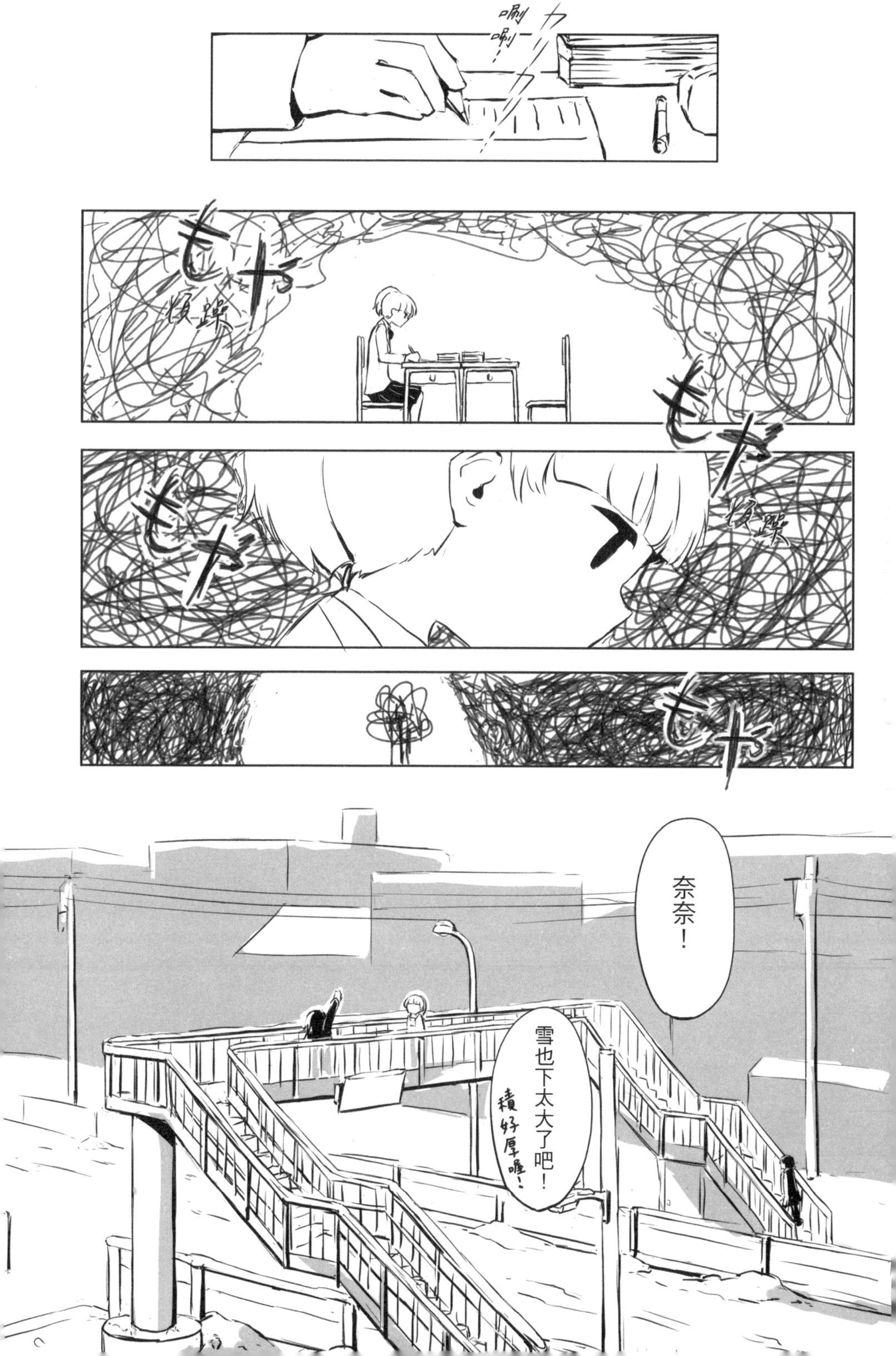

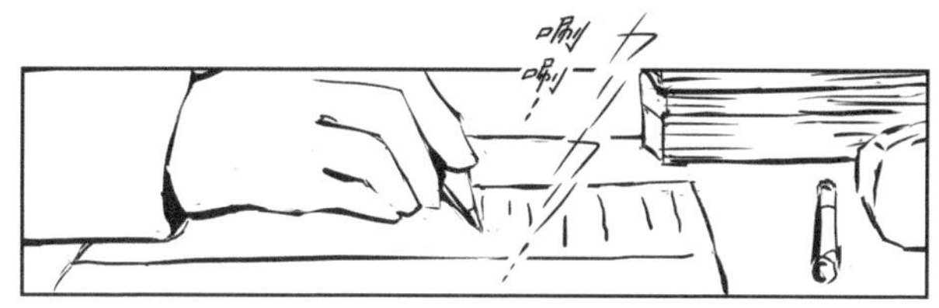

煩躁
煩躁
奈奈！
雪也下太大了吧！
積好厚喔！

ザク
嗚哇
還挺滑的耶。
ザク
ザク
啊
ザク
ザク
考生不可以隨便說滑～
耶嘿嘿
※ 日文的「滑」和「落榜」都是「滑る」。
サク
ザク
話說回來，
就快要畢業了呢。
要開始寂寞了。
ザク
ザク
ザ

ザク
一直一直都好煩躁。
竟然會有這種想法
真是異常
這種煩躁的心情到底是什麼？
毫無防備的背影。
ザク
雖然都很辛苦，
在這邊推■■■一把的話會怎樣呢？
ザク
要一直當好朋友
只要她死掉後，這股煩躁就會消失嗎？
拜託
請妳
ザク
千萬
別轉頭
ザク
課業和社團之類的，
明明是好朋友
大家都只會叫■■■。
明明一直
對自己很好啊
好奇怪
ザク
■■■會死掉嗎？
但是也很開心呢。
ザク
ザク
對吧！
奈──

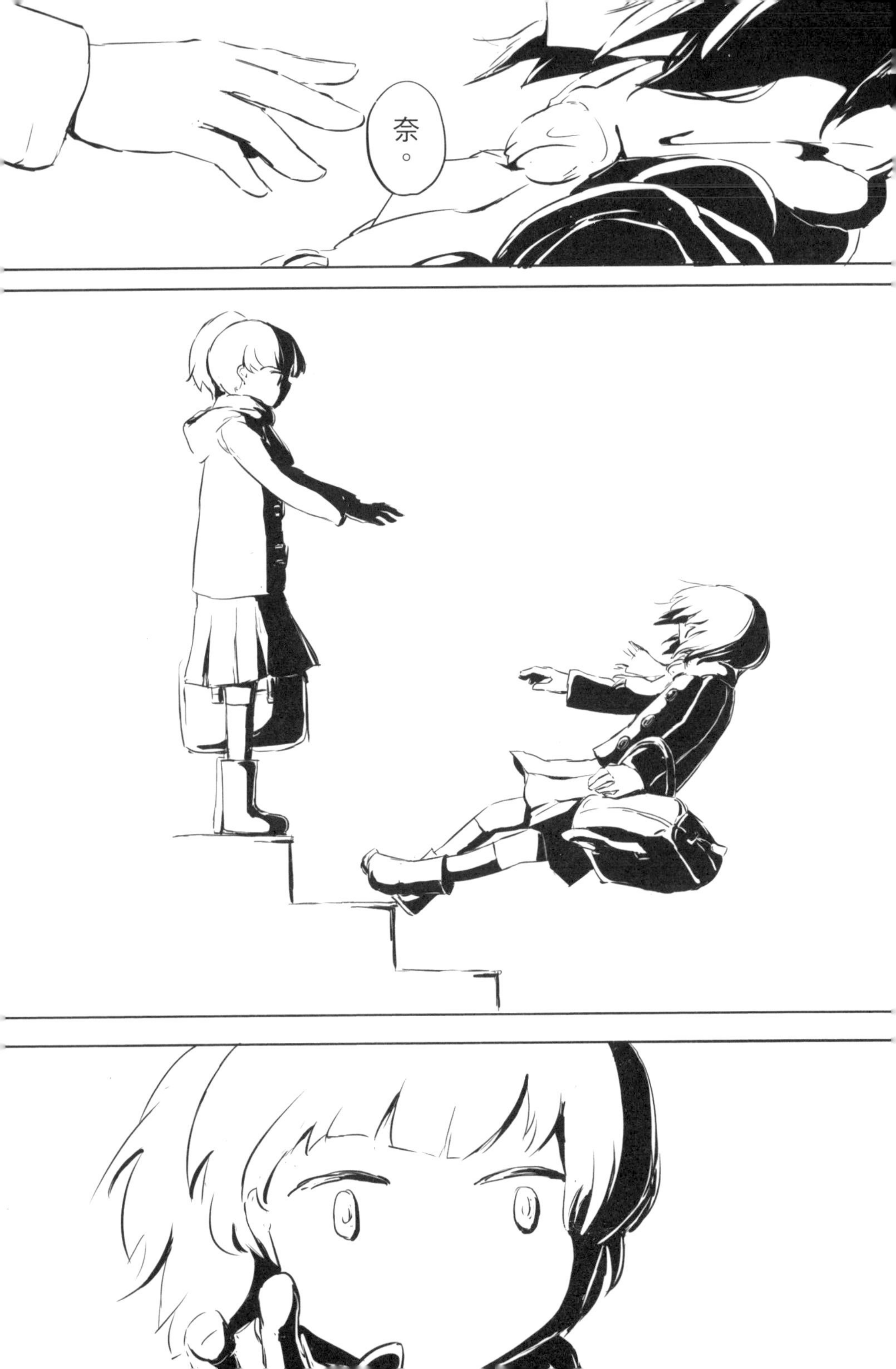

奈。

還真是個不幸的事故啊。
鏘—

聽說是從樓梯摔下來。
哎呀…
好像是因為雪地太滑。
已經好久沒積那麼厚了啊…
好可憐…
聽說是放學回家途中啊。
為什麼這樣一個好孩子會遇到這種事啊…
真是太不幸了…
■■■好可憐。
■■■同學為什麼是妳…
■■■怎麼這樣…
為什麼是■■■…
■■■學姐不要死！
■■■妹妹還這麼年輕啊
■■■學姐，真的

■妹妹。
■■■。
■■同學。
■■■學姐。
■■妹妹。
ギュッ
緊抓
■■■同學。
■■■學姐。
■■■。
■■■。
■■■。
■■■。
好痛。
■■■

滿是妳的名字

初學者也別擔心!
銀河栽培套組
浮
ふよ
ふよ
浮
喔
熱鬧
ホク
ホク
熱鬧
這個銀河,
感覺挺不錯的呢。
咻
哇—伊
那我稍微去玩一下吧。
鏘
撲通

咻
咚—！
咻咻咻咻
喔，
這裡就是地球啊。
暫時變成人類的樣子吧。
ぐにゃん
變形
嘿——
咻。
哈囉！

唧~唧
啊~
咻
嗚哇~
噫
好強~!
哇~
那祢真的是神明大人喔!
對，沒錯。
我第一次看見耶—
這個世界是我創造的。
是喔~
哇!
好厲害喔!

那祢可以，
把這個零食變多嗎？
小事一樁。
砰
哇啊！
わいわい
好厲害喔～～
わいわい
真的是神明大人耶！
わいわい
話說回來，
指

那些奇怪的擺飾
是什麼東西呢？
到處都是耶
這個
那個
那個
咦？！
祢是神，連這個
也不知道嗎?!
騙人！?!
啊？
我只是創造出
世界而已，
接下來
會有怎樣的發展，
我一概不知。
這樣喔。
雖然
聽不太懂。
嘻
嘻
好！

一起玩吧！
呀——
玩得好開心啊！

對了，
謝謝你們陪我玩。
作為回禮，
我就實現你們
一個願望吧！
真的嗎?!
わっ
哇
嗯／
要許什麼願望？
…
喂／
怎麼辦?!
真想再繼續玩，
但是差不多
該回家了，
要不然會被罵。
我不想要
被罵…
啊
叮咚!
那，
請祢把大人們
變不見吧！

發亮
發亮
好的好的，我知道了。
咻咻咻咻
你別自己決定啦!!
對、對不起…
這不好啦
啊哇哇哇
那麼我就實現你的願望囉～
啪
沙沙
沙
浮
神明大人？
我還有其他地方得去，
浮
浮
怎麼這樣！
別走嘛～
下次再玩吧！
等一下！
先暫時告別吧。

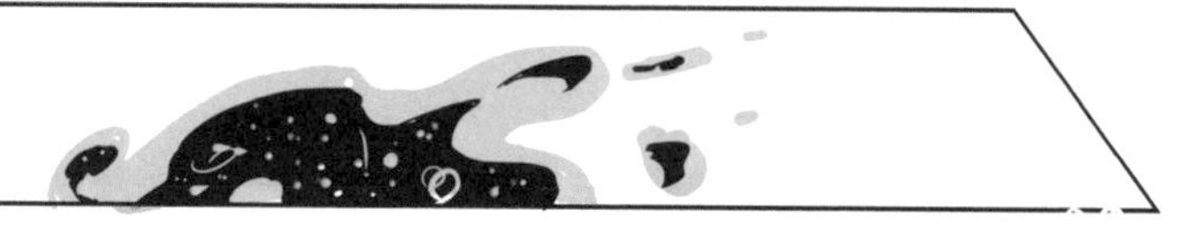

呼~~~~~

銀河旅行好有趣啊~~~~~~

咻

好像有點怪怪的！！
才過沒多久，也變太多了吧。
咦？
安靜～
唰
唰
敵人ㄉ！
幹掉他！！

咚
嗑
等一下!!
那個人是同伴!
喔?
唰
妳是…

這樣啊。
那些孩子們都已經⋯
對不起。
難得神明大人又來玩，
卻只剩下我一個人。
一開始啊，小孩們還一起同心協力生活。
但是，
資源不足、
出現派系對立、
鬥爭⋯
好多人都死了。

……
我啊，
我要把時間倒回那天。
看到你們四個對我很好的人
沒有在一起，覺得很寂寞。
所以，
碎
什麼？
嗯？
不行嗎？
不…不是那樣啦…
其實我們家
父母有點粗暴。
所以我有點感謝祢。

但是啊，
我還想五個人一起玩，所以⋯⋯
回去吧。
是啊。

アアアアアアア
再一起玩吧。
嗯，再一起玩。

下次
見
唧—唧
喂，
咦？
我們和
神明大人
一起玩吧…
哥哥—!!

媽媽煮好飯了喔──！
慘了！
我得回家了！
喔～再見。
嗯，再見。
再見囉～
掰──
明天學校見！
今天吃咖哩喔！
真假？！
太棒了！！
睜眼

是什麼夢啊？

啊

ドタドタ

咚噠

快到集合的時間了！

慘了！

ガチャ

喀嚓

不快點會被罵死的。

「神明大人掉下來的那天」

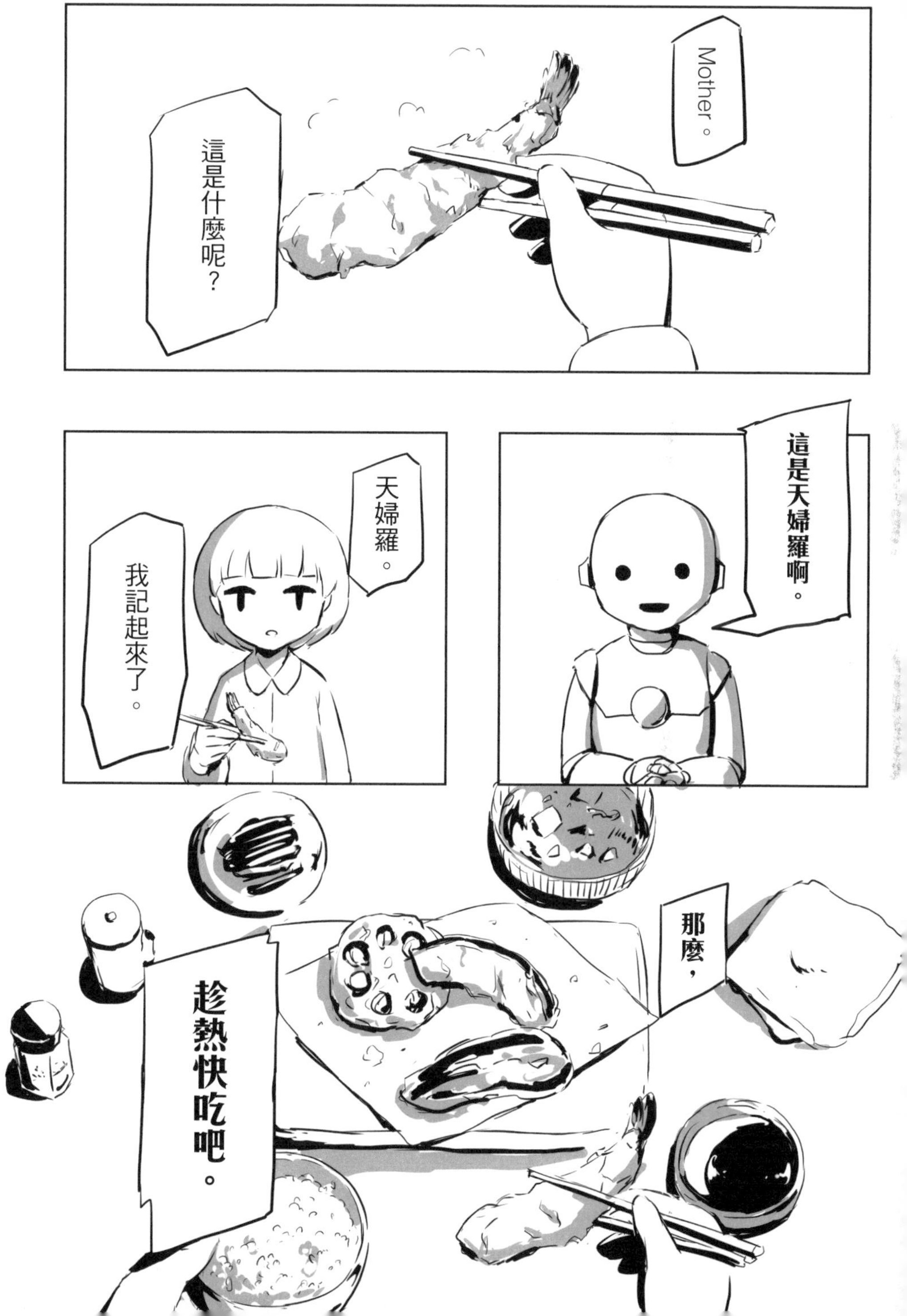

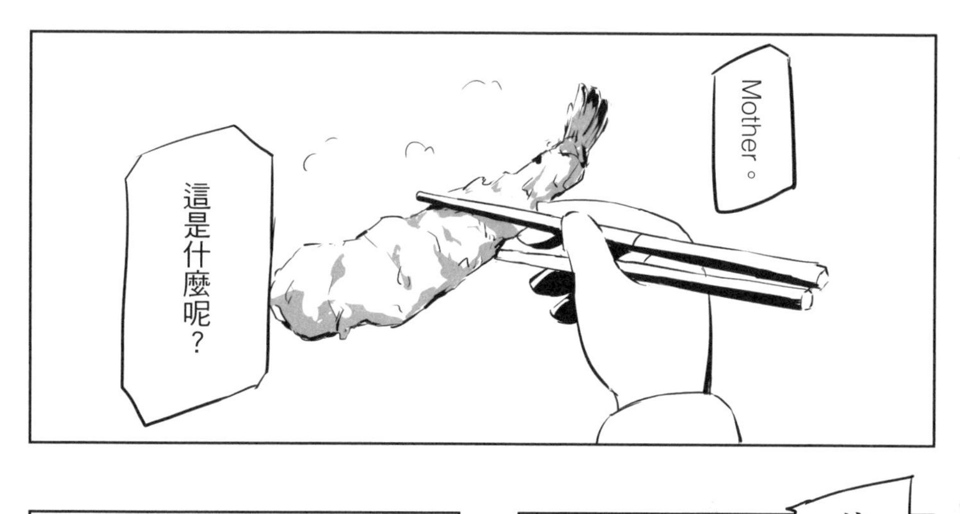

這是天婦羅啊。

天婦羅。

我記起來了。

那麼，

趁熱快吃吧。

實驗個體NO.77。
今天一起看書吧。
今天去散步吧。
今天來學算術吧。
今天來看動畫吧。

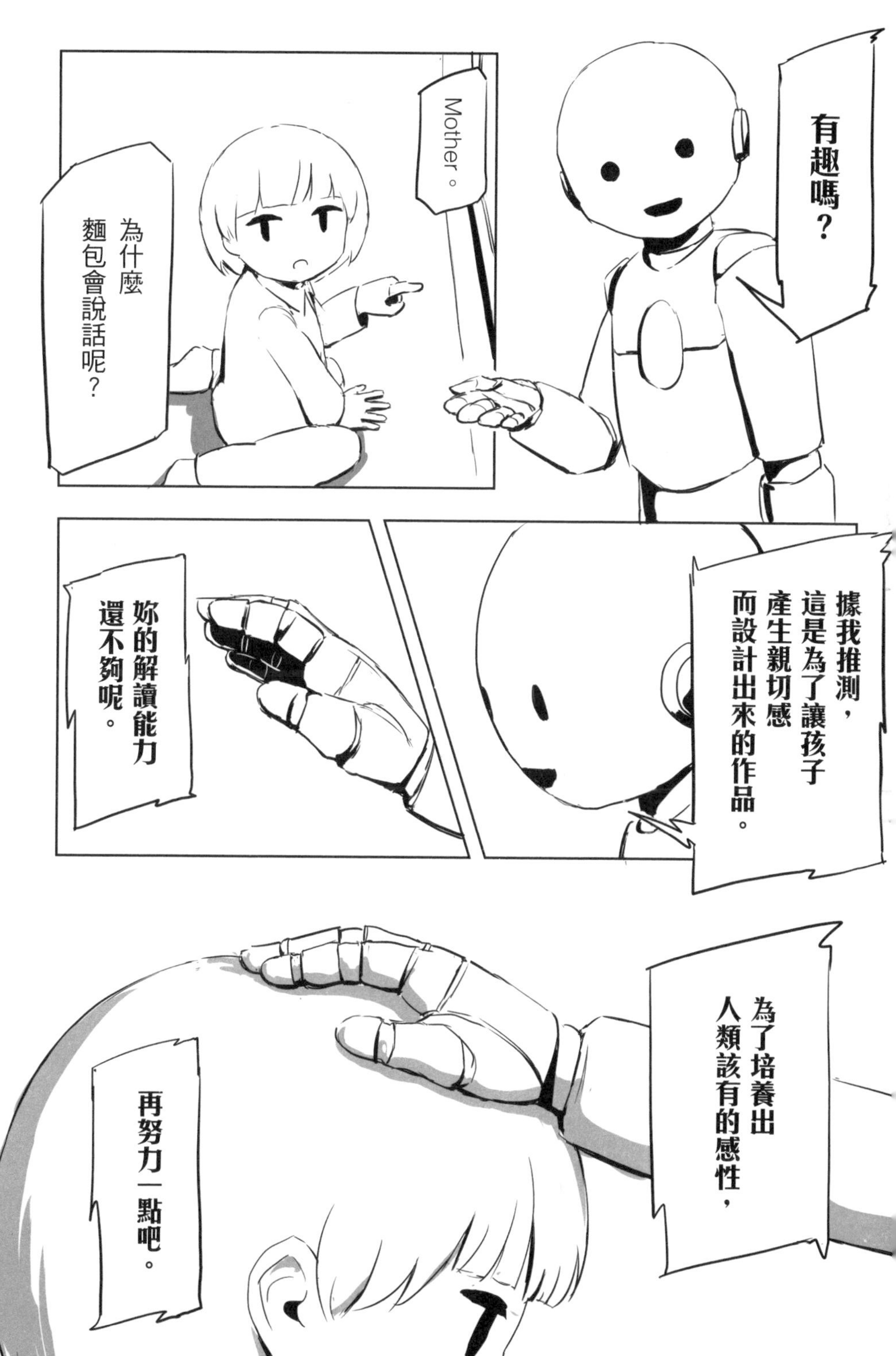

有趣嗎？
Mother。
為什麼麵包會說話呢？
據我推測，這是為了讓孩子產生親切感而設計出來的作品。
妳的解讀能力還不夠呢。
為了培養出人類該有的感性，
再努力一點吧。

體溫35.8℃。
睡眠時間，10小時6分鐘。
脈搏72。
營養狀況，沒有問題。
室內衛生，沒有問題。
意識，正常。
學習能力，正常。
感情指數，沒有變化。

這樣看來，
她還沒有理解到自己是個人類啊。
就算是育兒用人工智慧機器人，從嬰孩開始養起，
還是有困難呢…
機器人養大的機器人女孩啊…
カツン
達
カツン
達

カツン 達
似乎又要失敗了啊。
カツン 達
善後處理很麻煩耶。
カツン 達
就是說啊。
カツン 達
要不要偶爾也去喝一杯啊？
啊~真的有夠累！
喔，好提議。
カツン 達
博士。
ウィーン 嗡
是Mother啊…怎麼啦？
…
實驗個體在實驗失敗之後會怎樣呢？

有跟你說過？

照例處理掉而已。

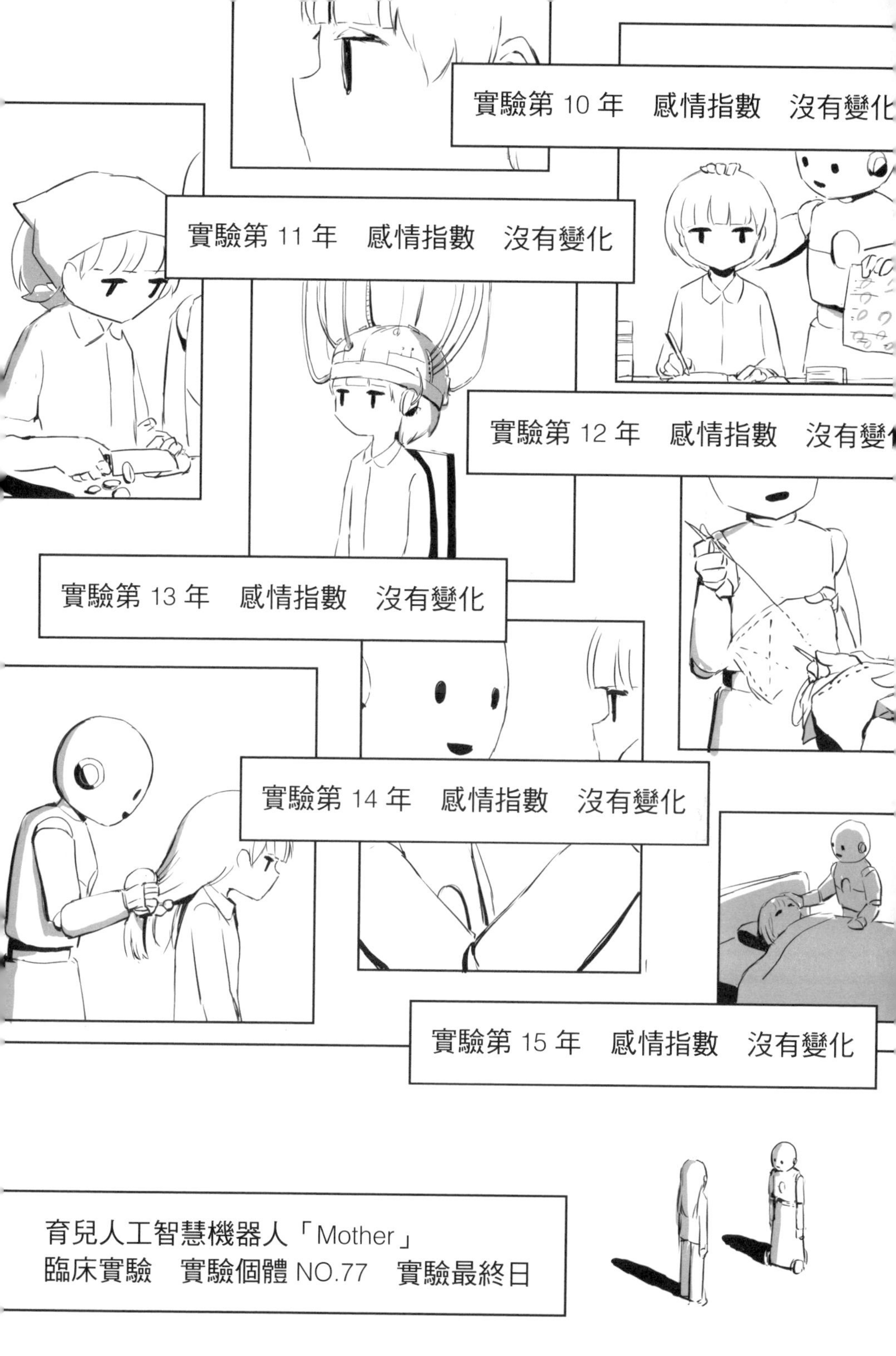
實驗第 10 年　感情指數　沒有變化
實驗第 11 年　感情指數　沒有變化
實驗第 12 年　感情指數　沒有變
實驗第 13 年　感情指數　沒有變化
實驗第 14 年　感情指數　沒有變化
實驗第 15 年　感情指數　沒有變化
育兒人工智慧機器人「Mother」
臨床實驗　實驗個體 NO.77　實驗最終日

實驗個體NO.77。

今天就是道別的日子了。
就到今天…
……

Mother，

謝謝您滿懷愛情地養育我。
我非常幸福。
我一輩子都不會忘記您的恩情。

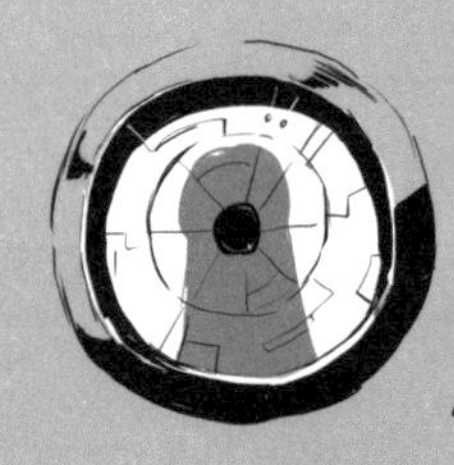
雖然和您分別讓我非常寂寞，
嗶嗶…
但請您務必保重。

非常感謝您至今的——
咚叩
咚
嗑
Mother？

感情指數沒有變化、
為什麼！
感情指數沒有變化！
為什麼！
妳明明沒那麼想！
為什麼說得出口！
為什麼！
為什麼
住手!!

很
痛
請您
住
手
ピ
叮咚
……
實驗個體NO.77的感情指數出現變化。

實驗

成功

NO.7
成功出現感情指數變化
進入實驗第二階段
取名為雛波奈奈，送至高中就讀
化為中心 觀察其過程
奈奈，
有沒有忘記東西？

Mother，
別擔心，沒有問題。
那麼，上學路上小心。
看她在高中裡的生活也沒有太大問題。
似乎可以取得好數據。
全都多虧有你啊，Mother。
接下來只要確認再現性
博士——

打奈奈的時候，
我的機體某處出現了疼痛的感覺。
請問這是什麼呢？
啊啊。
……
那就是，
感情啊。
ピ
叮咚

「Mother」

請問您有什麼願望呢？

……

我明白了。

合計共25年。

非常感謝您的訂購。

ガチャン 喀嚓

我想死～
不好意思？
我想死。
……

ガチャ!!
喀嚓!!
沙
カツ
叩
去
徵個人。
妳要去哪?
カツ
叩
カツ
叩
メ
叩
嗯?
停頓!
請問你是訂購死亡的客戶嗎?
ザァァァァァァァ

可以稍微
和你說幾句話嗎？
這樣啊…
家人在意外中死亡…

你是因為太過悲傷
才會訂購死亡的嗎？
不
我不是
因為
悲傷
…
而是
因為
不知道該
怎麼
一個人
活下去。
…
欸，
你要不要來我們這工作？
スッ…

啪嚓
啊
歡迎回來！
我回來了
對啊
前輩，那孩子是來打工的嗎？
わい
わい
好年輕喔。
咦
妳是哪時去面試的啊？
就剛剛而已
有新人加入幹嘛不早點講啊～
對不起嘛
わい
わい
壓下
好，你坐這邊。
麻煩你接電話囉。
欸
這麼突然？
我不知道怎麼
別擔心。
湊近
只要是被電話選上的人，
任誰都能辦到。

咦？
這句話是什麼——
嘟
嘟
嘟
!
トゥルルル
嘟
嘟
嘟
トゥルルル
嘟嘟嘟
加油唷。
ガチャ
喀嚓
請問您有什麼願望呢？
嘶

嗯……
那個，
我想要有一張漂亮一點的臉蛋和體貼的個性。
還有，
健康的心靈和正常的生活。
還有，
志氣投合的朋友、不是酒鬼的父母和不會打人的兄弟。
還有，
希望自己可以愛人。
還有…
就是…
請給我一份可以
自豪的……
才能……
我明白了。
合計共56年。
非常感謝您的訂購。
ガチャ
喀嚓

看，你做到了對吧？
是
是的……
來
這是薪水。
打工費
如果還想繼續做的話，再過來吧。
……
喀
7天。
我的第一個客戶，下了非常多訂單，只剩下7天的生命。
僅僅7天。
握緊
好……
非常感謝您的照顧。

我每天都去看那位客戶。
他每天都開朗地活著。
肉・加工食品
每天。
每天。
啊——每天都好開心啊！
每天。
晚安！

那位客戶，
死的時候看起來
非常幸福。
嘰
哎呀，
你又來
幫忙了嗎？

是的。
請雇用我在這裡工作。
是喪服嗎？
呵呵
當然好。
伸
今後還請多幫忙囉。

我想死的心情
依舊沒有改變。
只是，
嘟嘟嘟嘟
請問您有
什麼願望呢？
……
我明白了。
合計共5年。
要是在這裡工作，
非常感謝
您的訂購。
似乎能找到
活下去的理由。

工作
工作
喪禮
喪禮

工作
工作
喪禮
喪禮

請問您有什麼願望呢？
……
合計共…
0…
年。
ガチャン
喀嚓
哎呀，
又要去喪禮嗎？

不，

客戶說想在最後見我一面。

這樣啊……

…

我看過非常多次死亡，
大家看起來都很幸福。
但是，
我還沒找到，
活下去的理由。

「削減生命的工作」

喂！
你昨天為什麼那麼晚才回家啦?!
工作啊。
那你打一通電話回家是會死嗎！
不就只是忘記而已，妳沒必要這麼生氣吧!!
那什麼話!!
嚼嚼
我也是努力工作到七晚八晚，妳別除了自己方便就全推到我身上啊!!
你那什麼話?明明什麼家事都不做
妳說什麼?!
妳還不是都只想到自己
我出門了。
我後續整理有多辛苦，你知道嗎！
哈哈哈呀
妳還真學不乖耶，又來學校了。
妳別靠近我，笨蛋會傳染！
唷～醜女。
醜女
去死

ハハハハハハハハ
哈哈哈
カァ
嘎
カァ
不想回家。
好痛苦。
也不想上學。
好想死。
嗚…

喀啦
ガラ
這是電話亭？
第一次看到耶⋯
ガチャ
喀嚓
這裡之前有電話亭嗎？
⋯
嘟——
嘟——

請問您有什麼願望呢？
!?
慌張
あわあわ
啊
咦
接通了?!
啊…
……
那個…
我希望，
爸爸
和媽媽，
可以
和好。

我明白了。
合計共5年。
非常感謝您的訂購。
喀嚓
那是什麼啊？
是誰打來的啊？
好不想回家喔。
嘎
劈啪
劈啪

ゴロオオオオオ
對不起啊——
只能住在這種破爛房子裡。
但是大家都平安真是太好了。

パアアアアァ

是啊！

啊哈哈

呵呵呵

雖然失去許多東西，但也多虧火災，讓我們發現更重要的東西了。

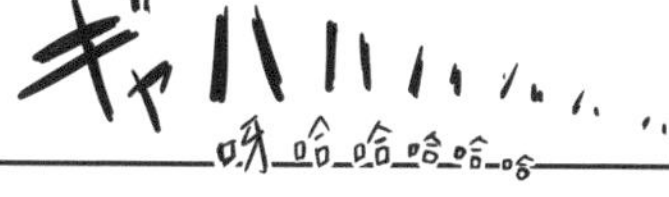

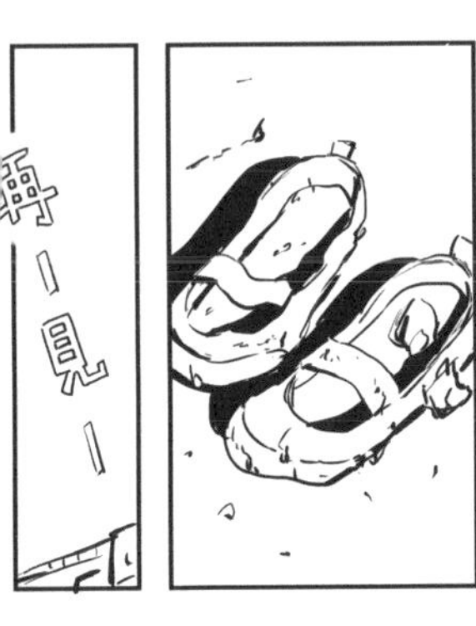

請問您有什麼願望呢？

我跟你說！爸爸和媽媽和好了喔！謝謝你！

パアアアア

ゴホンッ

咳咳

…

請問您有什麼願望呢？

…

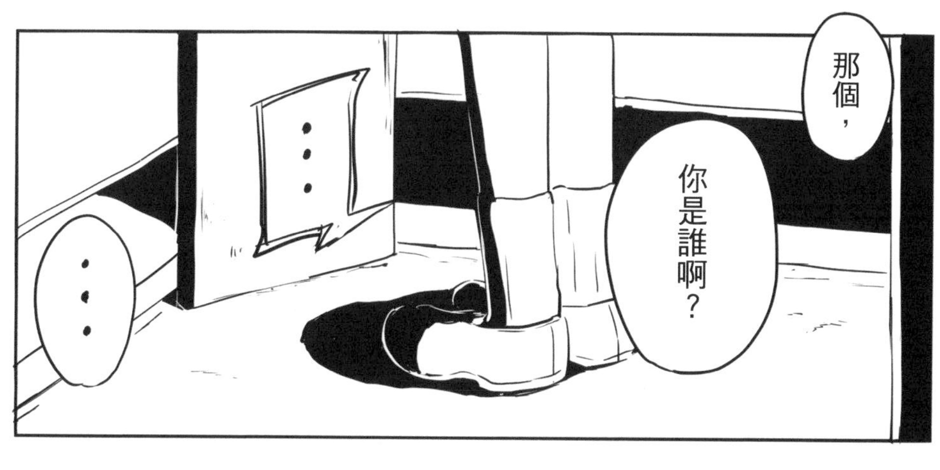
那個，
你是誰啊？
……
……

啊
叮—咚！
我知道了！

祢是神明大人！對不對？

神明大人啊，

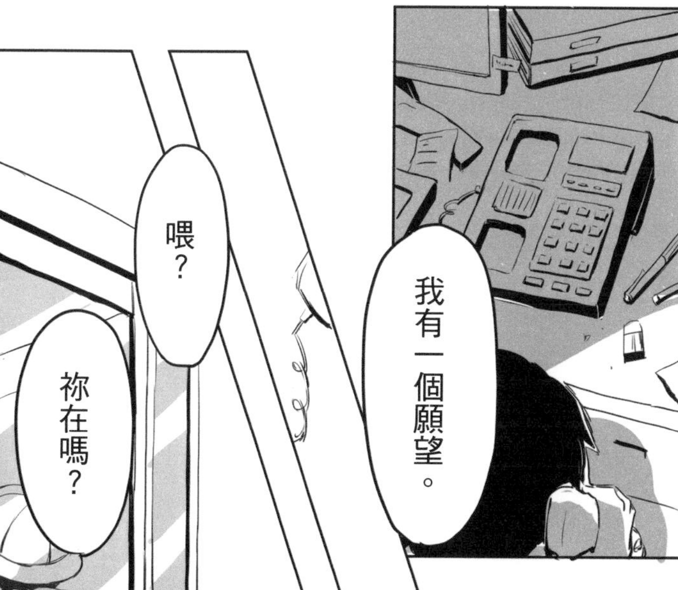
我有一個願望。
喂？
祢在嗎？

我跟祢說，多虧祢的幫忙，同學沒有再欺負我了！
謝謝祢！
……
然後啊…
爸爸和媽媽好像因為沒錢很辛苦，所以我想要變成有錢人。
合計共17年。
喂…
神明大人嗎…？
那個啊，我對自己沒有自信…
我想要變聰明，也想要變可愛，還想要變開朗…
合計共12年。
我跟祢說，多虧有祢幫我，我身體變強壯了！
我都沒休息，很努力去社團練習喔。
謝謝祢！
……
不用客氣。
然後啊，我又有事情要拜託祢了。

神明大人，我跟祢說。
我當上社團社長了。
但是啊，
我沒有辦法好好領導大家。
我想要成為一個可靠的人。
合計共3年。
……
加油。
爸爸，生重病了…
神明大人拜託祢…
治好爸爸…
我明白了。
合計共20年。
會治好的。
最近過得如何？
呵呵
神明大人，我跟祢說。
我和同學們都相處得很好，
但大家都對我好客氣。

我想要……
好朋友。
我明白了。
合計共10年。
別擔心。
妳一定可以交到好朋友的。
啊
咻
學姐！
我有件
想
妳
前
的
社
會議上
■■■。

趁熱快吃吧。
啊 奈奈學姐！
パアアアァ
嗯！
欸，
你聽說過嗎？
對不起，讓妳等我
不會
咦
什麼啊—？
死神電話。
ひそ
妳還真喜歡天婦羅蕎麥麵吔～
嗯
妳最喜歡什麼天婦羅？
炸蝦
最近常聽到呢。
啊啊
什麼什麼？都市傳說嗎？
ひそ
ひそ

會出現在想死的人面前，
用壽命作為代價實現願望。
那什麼啊──
啊哈哈哈
神明大人，我跟祢說喔。

多虧有祢幫忙，我每天都過得很快樂。
肉包！在特價！！
再要求更多，感覺就要遭報應了。
但是如果可以
再實現一個願望的話——
ガチャッ
喀嚓
喂，是神明大人嗎？

那個啊，

我想要在死之前見祢一面。

ザク
ザク
ジ
ジ

奈奈！
雪也下太大了吧！

在那之後，
電話亭就
沒再出現過了。
嗚哇
ザク
還挺滑的耶。
啊
考生不可以
隨便說滑～
ザク
但是
我已經沒問題了。
家人相親相愛。
話說回來，
就快要畢業了呢。
學校生活也很開心。
要開始寂寞了。
獨一無二的好朋友。
課業和社團之類的，
雖然都很辛苦，
ザク
我的人生怎麼可以
這麼幸福啊。
但是也很開心呢。
ザク
已經沒問題了。
ザク
對吧！、
已經──

奈。
滑
我想要在死之前見祢一面。
……

合計共……
0……
年。
是神明大人耶。
祢來見我了啊。

哇。
天空好美。
碰
ドサッ

「青色照片」

欸，
你知道萵苣的花語是什麼嗎？
欸
萵苣會開花喔。
啊
我記得會耶…
到底會不會呢…
啊！
對了，那個啊，
謝謝
我
要出CD正式出道了。
咔咔
真的?!

恭喜！
謝謝！
耶ー!!
但是啊，
這也可能左右我剩下的人生。
真的沒問題嗎
沒問題、沒問題。
一定會成功！
我相信你。
啊
飲料喝完了
要再點嗎ー？
喝可樂好嗎？
哈哈
謝謝你。

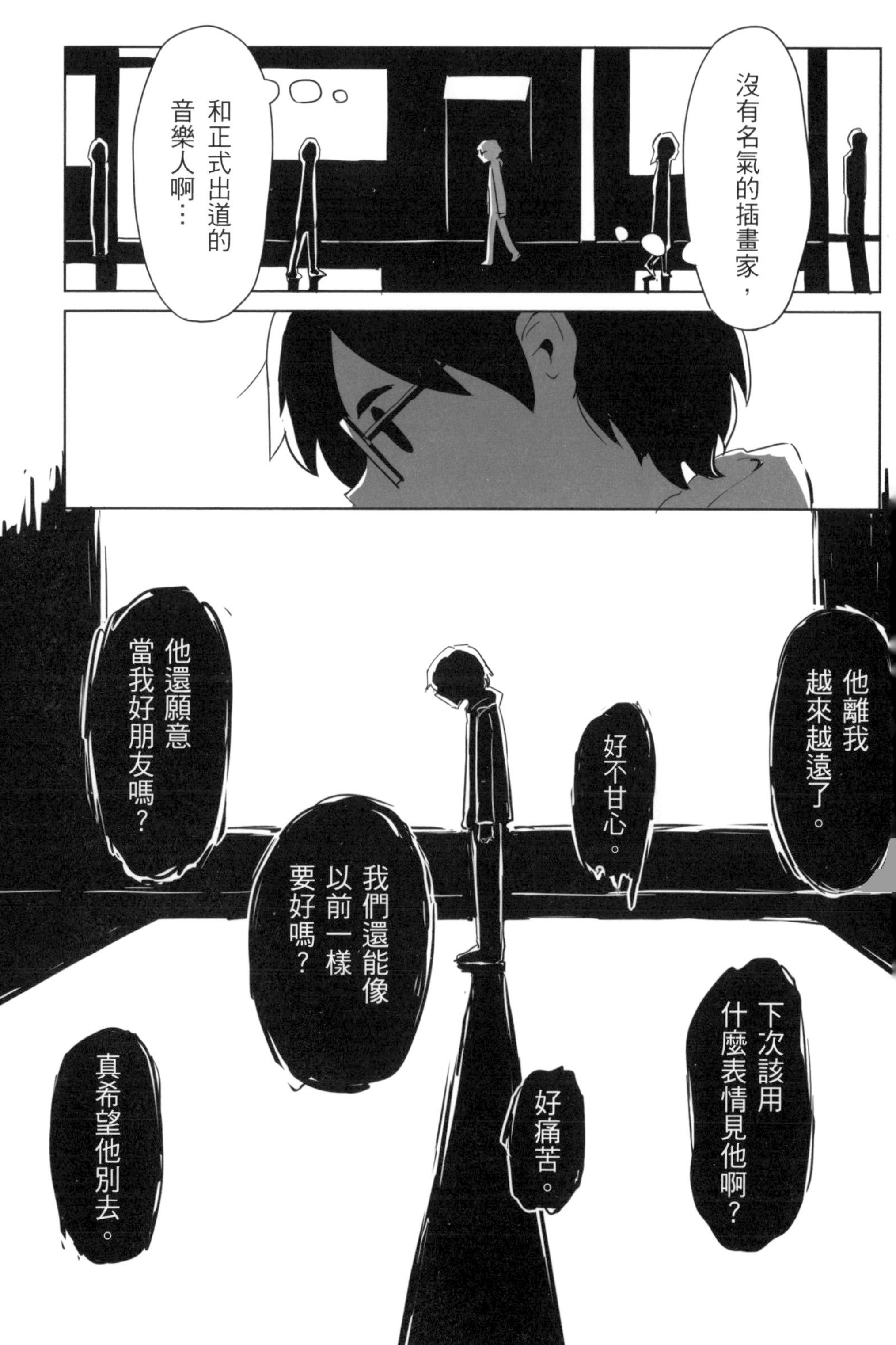
沒有名氣的插畫家，
和正式出道的音樂人啊⋯
他離我越來越遠了。
好不甘心。
他還願意當我好朋友嗎？
我們還能像以前一樣要好嗎？
下次該用什麼表情見他啊？
好痛苦。
真希望他別去。

真希望他最後失敗。
說什麼
我相信你。
相信
到底是什麼——
グルメタウン
噠噠噠
哇—
ガッ
喀
哇

ガラガラ
哐啷
哐啷
啊……
真沒辦法。
大家都當沒看到。
熟練收拾
大家真冷漠。
大家──
給你。
啊……
謝謝你
你會幫忙啊！好棒喔～
好棒好棒

什麼好棒啊？

我是在幫妳兒子收拾殘局耶。

為什麼

啊

為什麼我明明這麼不爽，

還要裝好人呢？

為什麼——

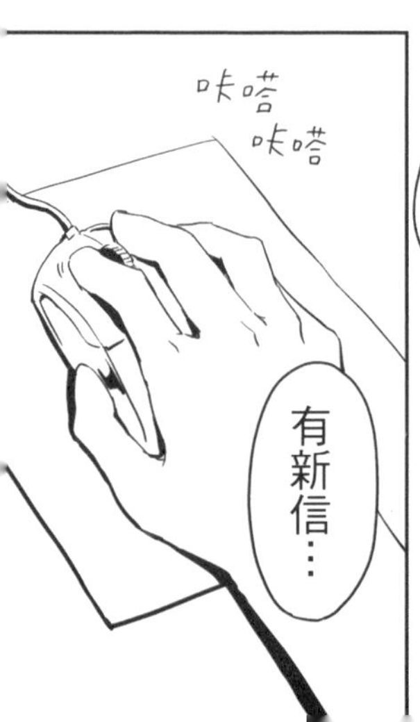

丸山文庫的
好意思突然聯
您的插畫和短文
拜讀了您呈現的作品後
所以想來信問問看是否可
如果方便再請您
丸山文庫？
MARUYAMA
我們！
來出書吧！！
咦
啊
喔……

我常看你的畫，真的覺得很棒呢！
這種大出版社為什麼會找我？
但是我覺得漫畫也不錯喔！
是大出版社。
畫冊也不錯呢！
表示他們覺得會賺錢吧？
如何呢？
有人誇獎當然很開心。
你前一陣子有更新對吧？那個真的很棒呢~~~
話說回來，這人真的是出版社的人嗎？
但會不會只是場面話啊？
不是只有單純的灰暗，還會讓人有所省思的感覺。
我可以相信他嗎？
我無論如何都會讓企劃過關的!!
120頁！一個故事16頁的短篇集之類的！
是不是被騙了啊？
相信到底是什麼？
相信到底是——
您意下如何?!

啊…
我會…
好好考慮的…
ズズ
ズズ
猶豫
咔鏘…
嘟
嘟
嘟
嘟
嘟
嘟
嘟
嘟
嘟
嘟
ガチャ
喀嚓
啊
喂？
最近怎樣？
喔－
好久不見－
嗯－普普通通？
CD還順利嗎？
嗯…
就…
在努力啦。
這樣啊…

怎麼啦？
啊
沒有啦
丸山文庫的人來問我要不要出書…
喔喔！太棒了啊！
是大出版社耶
嗯嗯…
欸
決定要出了嗎？
沒啦
在考慮…
欸
為什麼？
就去做做看啊！
沒啊
就覺得
真的有這種好事嗎？
該不會是騙人的吧？
我一直都畫些零碎的東西，
擔心會不會做不到…

已經沒辦法相信自己
沒問題。
我相信你。
謝謝你。
嘎~
カー
カー

唧—唧
嗨—
好久不見。
好熱～
唧—
那麼就趕快——

來！
はいっ！
Fernweh
Fernweh
恭喜你正式出道！
謝謝、謝謝
恭喜你的書出版！
謝謝、謝謝
我們都變厲害了耶
就是說啊
HAHAHA
但是，感覺還是像在作夢呢。
多虧有你。
是啊。
我才多虧有你。

今後我們都要繼續努力啊。
嗯。
真想快點回家聽…！
興奮
興奮
Fernweh
把大人們變不見吧！

啊。
那傢伙的CD和我的書，
果然如此。
全都是一場夢。

就是說啊。
事情才不可能這麼順利。
ポロ…
滑落…

但真希望，
ミーン
ミーン
いっぱ
這個夢境能成真。
唧唧
ミーン

夢境成真

拉緊
結束了～
呼
ガラッ
空曠
嗯？
照片…？
ペラリ
翻翻…
喔－
好懷念喔。
以前做過
這種事啊。
咦？
拿起
這女生…

為什麼會和她一起拍照啊？
嗯——
……
啊啊
國中曾經同班過一次。
喂～！
對了
快點～你們兩個站好～
遠足時
攝影大叔要我們站在一起拍照。
我們就一起拍照了。
咔嚓

妳暈車嗎？
還好嗎？
這樣啊
唔
嗯…
我和她沒特別要好也沒不好。
幾乎沒說過話。
也沒太多接觸機會。
站在我身邊一起拍照的女孩，就只是那樣的女孩。
高中也念不同學校，我應該早就忘了才對啊。
…
感覺好不可思議啊。
高中最後一個寒假，

那女孩死了。
非常多人為她難過。
一打聽之下才知道
人類還真是隨隨便便就會死掉的生物啊
不是我真是太好了
她在高中開朗優秀，還是班級委員。
似乎是大家崇拜的對象。
但是——
要是死了，什麼都沒意義了啊。

準備好了沒？
ガバッ
起身
啊
好了！
ドタ
ドタ
咚噠
咚噠
久等了
那
我們去買生活用品吧。
晚餐在松田百貨的7樓吃。

春天起就要自己去外面住了啊。
要開始寂寞了
呵呵，時間過得真快呢。
大學要認真念書喔！
偶爾也要回家來啊。

飄落

冬天是那女孩
死去的季節，
春天快來吧。

好
笑一個
咔嚓
謝謝你！
如何－－？
但是幹嘛突然想拍照？
拍得不錯就是了
我想說將來有一天會需要嘛。
那什麼話啊？
那我們差不多也該去吃飯了吧－
喔－－！
哎呀－
我死之前真的很想要去那家吃吃看呢
哈哈
妳也太誇張了
希望別排太久
就是啊－

ガサ
不好意思！

她為什麼要叫住我？
發現我在看她了嗎？
該不會是
後悔削減生命了吧？
來。
撲通
你掉東西了喔。
！
不會。
笑
我才該說謝謝。
啊！
不好意思…
謝謝妳…
抱歉！
喔－
快點走吧－

……
從她手中接過來的
打工費
這筆錢

是那位客戶的一部分生命。
捏緊
歡迎光臨！
洋服の赤川
ビジネススーツ
請問您在找什麼呢？

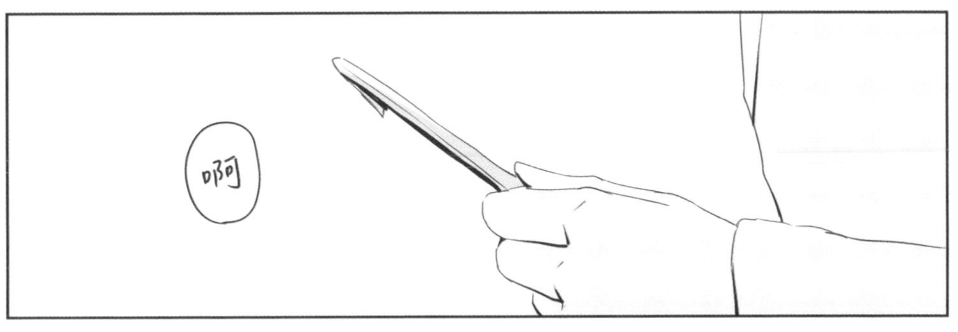
啊

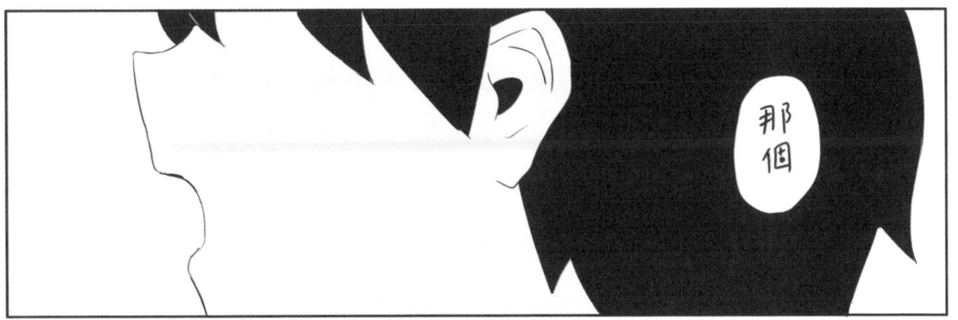
那個

我想要
買一件參加
喪禮用的西裝…

拾命

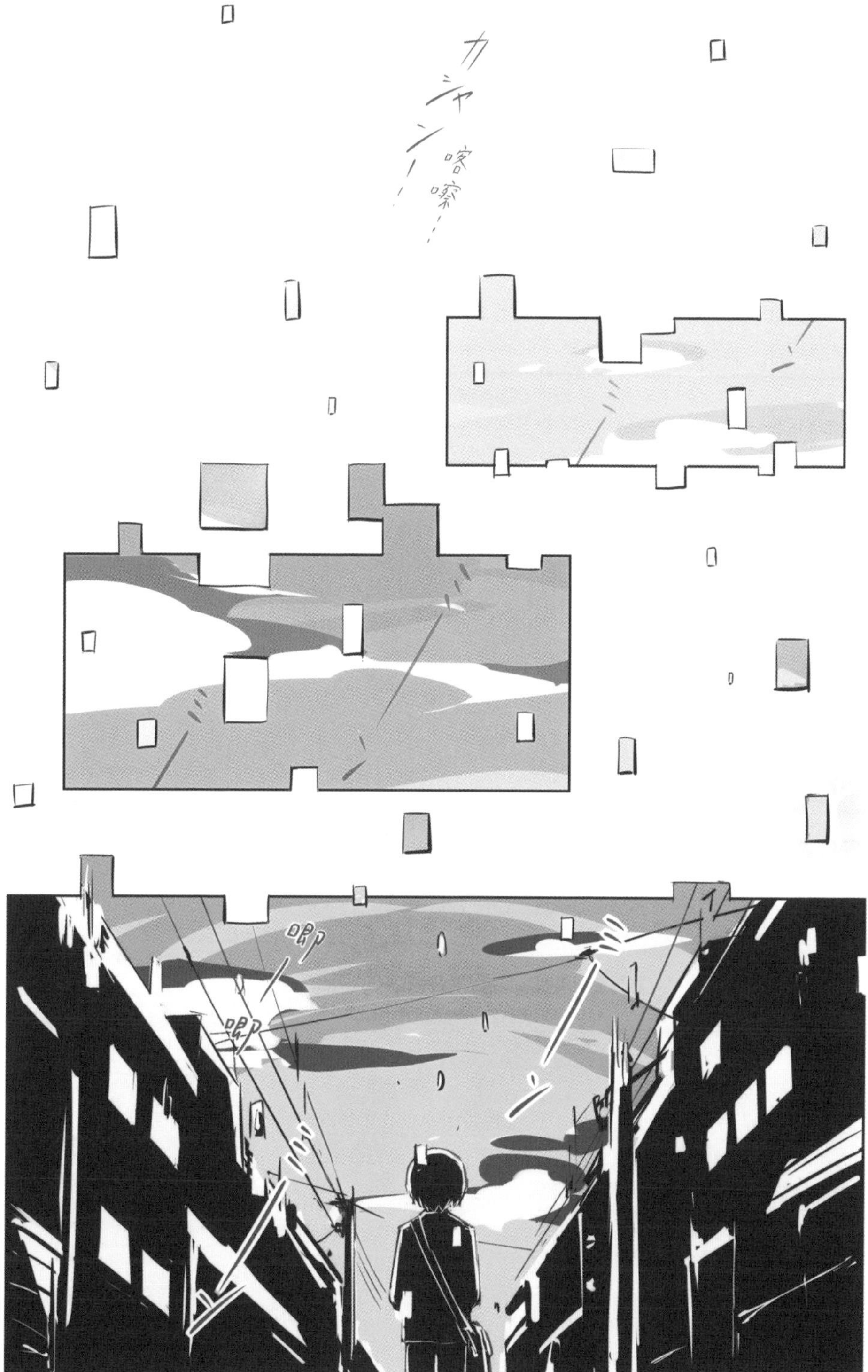
カシャン――!!
喀嚓!!
唧
唧